www.ingramcontent.com/pod-product-compliance
Lightning Source LLC
LaVergne TN
LVHW050828051026
849532LV00008B/3175
9789369085583

سفارش

(بچوں کی کہانیاں)

وصی اقبال

Sifaarish *(Short Stories)*

by: Wasi Iqbal

Edition: September '2025
Publisher :
Taemeer Publications LLC (Michigan, USA / Hyderabad, India)

ISBN 978-93-6908-558-3

9 789369 085583

کتاب	:	**سفارش** (بچوں کی کہانیاں)
مصنف	:	**وصی اقبال**
صنف	:	ادب اطفال
ناشر	:	تعمیر پبلی کیشنز (حیدرآباد، انڈیا)
سالِ اشاعت	:	۲۰۲۵ء
صفحات	:	۳۶
سرورق ڈیزائن	:	تعمیر ویب ڈیزائن

فہرست

سفارش

خالد نے ایک بار پھر کیپٹل لیٹر میں لکھے ہوئے (WANTED)[1] کو بغور دیکھا۔ اس بار اس کے اُمنڈتے ہوئے جذبات میں کچھ ٹھہراؤ پیدا ہو گیا تھا۔ پھر بھی وہ اس سلسلے میں سوچے بغیر نہ رہ سکا۔

"WANTED" کتنا پُر فریب ہے یہ لفظ بھی جو ہر بار ایک نئے ڈھنگ سے فریب دیا کرتا ہے اور جس کی ظاہری آب و تاب تھکے ہوؤں کو ایک بار پھر مزید ٹھوکریں کھانے اور سڑکوں کی آوارہ گردی کے لیے مجبور کر دیتی ہے ـــــ WANTED!

وہ ابھی اتنا ہی سوچ پایا تھا کہ باہری دروازے پر دستک کے

---

[1] وانٹڈ "ضرورت ہے۔ یہ ان اشتہارات کا عنوان ہے جو نوکری کے لیے چھپا کرتے ہیں۔

ساتھ بوڑھے پوسٹ مین کی آواز گونجی ــــــ "خط لینا صاحب!" خط، ایک لمحہ کے لیے اس کے کملائے زرد ہونٹوں پر ایک خفیف سی مسکراہٹ ابھری اور غائب ہو گئی۔ وہ آہستہ قدموں سے دروازہ پر آیا۔ پوسٹ مین بدستور کھڑا ہوا تھا ــــــ "صاحب! خط ہے۔"

"لاؤ" اس نے نہایت سرعت کے ساتھ ہاتھ آگے بڑھایا۔ اور ایمپلائمنٹ آفس کا "کال لیٹر" (دعوت نامہ) لینے کے بعد اس کے ہونٹوں پر ایک زہر خند دوڑ گئی جیسے وہ کہنا چاہتا ہو ؎

"ہم نہ مرتے ترے تغافل سے
پرسشِ بے حساب نے مارا"

دوسرے دن وہ دس بجے سے پہلے ہی ایمپلائمنٹ آفس پہنچ چکا تھا۔ تیسرے نمبر کی کھڑکی کے قریب جانے پر کاغذات میں الجھے ہوئے کلرک نے اس پر ایک اچٹتی نگاہ ڈال کر پوچھا۔ "کیا ہے؟"

"جی ــــ جی" اس نے "کال لیٹر" آگے بڑھایا

"انٹرویو کارڈ چاہیے؟"

"جی ہاں"

"تھوڑا انتظار کیجیے کہ صاحب آجائیں۔"

"بہت اچھا"—— اور پھر سے بنچ پر آ بیٹھا۔

پلاننگ آفس پہنچتے پہنچتے اس کو ساڑھے گیارہ بج گئے تھے۔ اس نے لان میں انتظار کرتے ہوئے امیدواروں کے ہجوم پر ایک سرسری نگاہ ڈالی اور اسی لمحہ اس کے پریشان ذہن میں روزنامہ "البشیر" کی ایک سرخی گھوم گئی۔

"قارئین کی دس جگہوں کے لیے بیس ہزار امیدوار"

اس نے گھبراکر ایک بار پھر ہجوم کو دیکھا اور یہ جان لینے کے بعد کہ موجودہ امیدواروں کی تعداد سو، سوا سو سے زیادہ نہیں اس نے اطمینان کا سانس لیا۔ پھر وہ آگے بڑھ کر چند خوش پوش نوجوانوں کی ایک ٹولی سے مخاطب ہوا "کہیے صاحب انٹرویو کتنی دیر میں شروع ہو رہا ہے؟"

ناٹے سے قد کا ایک جوان جو تیز تیز باتیں کر رہا تھا فوراً اس کی طرف متوجہ ہوا۔ "آیئے مولوی صاحب! بڑا انتظار کرایا جناب نے لیکن اس سودے سلف کی کیا ضرورت تھی؟" نوجوان نے اس کے ہاتھ میں دبے ہوئے تھیلے کے ابھار سے فائدہ اٹھایا اور قریب قریب آدھا لان قہقہوں سے گونج اٹھا اور اسے یوں لگا کہ جیسے کسی نے اس کے کانوں میں پگھلا ہوا سیسہ انڈیل دیا ہو۔ اس نے ہڑبڑا کر

اپنے ارد گرد دیکھا اور تیزی سے بائیں طرف کو لپکا لیکن اس سے پہلے کہ وہ قہقہوں کے اس طوفان سے دور نکل بھاگے کسی نے اس کے ہاتھ سے تھیلا اچک لیا۔ مانو اس کی جان ہی تو نکل گئی۔ وہ بجلی کی تیزی سے مڑا ——"یہ کیا بدتمیزی ہے"—— اور قہقہوں کا رکا ہوا سیلاب پھر سے ابل پڑا، وہ اپنا تھیلا لینے کے لیے آگے بڑھا اور اس کے ہاتھ میں تھیلے کے دونوں بند آگئے ——"آپ لوگ چاہتے کیا ہیں؟" وہ تلملا گیا۔

"ارے —— ارے آپ ناراض ہونے لگے" ایک موٹا سا نوجوان اس کی طرف بڑھا ——"اتنی جلدی غصہ —— چھی —— چھی" اس نے اپنے ساتھی سے تھیلا لے اس کے ہاتھ میں تھما دیا —— اور وہ آگے بڑھ گیا دراصل اس تھیلے میں اس کے سارٹیفکٹ تھے ٹھیک بارہ بجے چپراسی نے ان میں سے کسی کا نام پکارا —— ایک منحنی سا شخص اپنی صاف مگر پرانی پتلون کو اوپر سرکاتا ہوا آفس میں چلا گیا —— واپسی پر کئی امیدوار اس کی طرف لپکے کہ پوچھیں آیا اس سے کیا معلوم کیا گیا۔ غیر شعوری طور پر اس کے قدم بھی اٹھے لیکن —— لیکن اس کا پچھلا دامن کسی چیز میں اٹکا ہوا تھا وہ رک کر جلدی سے پیچھے کی طرف مڑا، اور اس مڑنے میں وہ

کسی سے ٹکرا گیا۔ دونوں نے ایک لمحے کے لیے ایک دوسرے کو بغور دیکھا، پھر معاملہ کی نوعیت کو سمجھتے ہوئے انھوں نے سیدھے ہو کر اپنے دامن ایک دوسرے سے علیحدہ کرنے چاہے مگر لان میں امڈتے ہوئے سرد قہقہوں کی خنکی میں ان کے ہاتھ کانپ گئے۔ کسی شریر نے ان کے پچھلے دامن پن سے نتھی کر دیئے تھے کچھ دیر ٹہلنے کے بعد وہ ایک جگہ پھر آ بیٹھا۔ چند اُجلے پوش نوجوانوں کے قریب جو بڑی بے پروائی کے ساتھ کسی موضوع پر آپس میں بحث کر رہے تھے۔ اس کی ایک آہٹ پر دو ایک نے اس کی طرف دیکھا اور پھر اپنی بحث میں مصروف ہو گئے۔

اس کو یہ معلوم ہوتے زیادہ دیر نہیں لگی کہ ان لوگوں کی بحث کا موضوع معاشیات ہے جو اس وقت دنیا کا سب سے بڑا مسئلہ بن چکا ہے۔ وہ ان کی گفتگو کو بڑی دل چسپی سے سننے لگا۔ لیکن یہ جان کر اس نے ایک عجیب طرح کی روحانی تکلیف محسوس کی کہ ان میں سے بیشتر نوجوان معاشیاتی مسئلے کا حل صرف اشتراکیت کی روشنی میں تلاش کرنا چاہتے ہیں۔ اس کا جی چاہا کہ وہ ان تمام نوجوانوں کو بتا دے کہ تاریکی کے اس خوبصورت جال میں جس میں نہ صرف تمہارے جسم مقید ہیں بلکہ تمہاری روحیں بھی بری طرح جکڑی

ہوئی ہیں۔ تمہیں کوئی ایسا راستہ نہ مل سکے گا جو تمہارے لیے یا بنی نوع انسان کی بھلائی کے لیے کچھ بھی مفید ثابت ہو سکے۔ اگر تمہیں واقعی معاشی بدحالی کا کوئی حل تلاش کرنا ہے اور محض فیشن کے طور پر تم نے اس مسئلے کو نہیں چھیڑا ہے تو پھر اسلام کی طرف رجوع ہو جس کی روشنی انسانی زندگی پر چھائے ہوئے تمام اندھیروں کو دور کر دے گی۔ لیکن وہ کوشش کے باوجود بھی اس سلسلہ میں کچھ نہ کہہ سکا۔ اس کی وجہ شاید یہ ہو کہ وہ ان نوجوانوں میں اپنے آپ کو بالکل اجنبی محسوس کر رہا تھا۔ پھر اس نے اتنا ضرور کہہ دیا۔

"آپ حضرات نے جو راستہ اختیار کیا ہے وہ کچھ زیادہ مناسب نہیں" ——— سب کی نگاہیں یکبارگی اس کی طرف اٹھ گئیں۔

——— "ہم سمجھے نہیں کہ آپ کیا کہنا چاہتے ہیں"۔ ان میں سے کسی ایک نے پوچھا۔

"میں نے کچھ ایسا محسوس کیا کہ آپ حضرات معاشیات پر گفتگو کر رہے تھے۔" وہ ان کے اور قریب کھسک آیا ——— جی ہاں دوسرے نے بتایا۔

"بات یہ ہے کہ ہمیں کسی بھی مسئلہ پر گفتگو کرنے سے پہلے اس بات کو ذہن نشین کر لینا چاہیے کہ اس گفتگو سے ہمارا مقصد کیا ہے۔

محض وقت گزاری یا کسی صحیح نتیجے پر پہنچنا۔ اگر آپ حضرات اس طرح بحث و مباحثہ کر کے محض اپنا وقت گزارنا چاہتے ہیں تو ٹھیک ہے۔"

——چپراسی نے کسی امیدوار کا نام پکارا اور وہ غیر شعوری طور پر جھجک کر رُک گیا —— پھر اس طرح چونک کر بولا جیسے کسی نے چٹکی بھر لی ہو۔

"ہاں تو میں کہہ رہا تھا —— اور اگر واقعی ہمیں کوئی حل تلاش کرنا ہے تو پھر ہمیں ان اصولوں کو دیکھنا ہوگا جو ہماری داخلی تربیت کر سکتے ہوں۔ جن کو اپنانے کے بعد ہم خود یہ سوچ سکیں کہ زندہ رہنے کا جتنا حق ہمیں حاصل ہے اتنا ہی ایک غریب کو بھی —— اس کے لیے بھی تمام لوازم زندگی اسی طرح ضروری ہیں جس طرح ہمارے اور آپ کے لیے۔"

"ٹھیک ہے" دور بیٹھا ہوا نوجوان اس کی تائید میں بولا۔

خاکی بشرٹ والے نوجوان نے جو خالد کی باتوں کو محض فضول گوئی سمجھ رہا تھا، تائید کرنے والے نوجوان کی طرف غور سے دیکھا۔ پھر وہ بڑے ڈرامائی انداز میں اس سے مخاطب ہوا: "معاف کرنا مولوی صاحب! میرا خیال تھا کہ آپ کوئی کام کی بات کہنے والے ہیں۔ مگر ایسا معلوم ہوتا ہے کہ آپ گھوم پھر کر اسی ایک بات پر آجائیں گے جس کا جماعت اسلامی کے لوگ ہر جگہ رونا روتے ہیں —— اخلاق" اس نے منھ چڑایا —— "یہ اخلاق ہے کیا چیز؟ پیٹ کے لیے روٹی

چاہیے ہے جس طرح بھی میسر آسکے حاصل کرو، تن ڈھانپنے کے لیے کپڑے کی ضرورت ہے جیسے بھی چاہو پہنو" وہ اچھل پڑا جیسے کسی زہریلے بچھو نے اس کے ڈنک مار دیا ہو، وہ ایک منٹ تک حیرت و استعجاب کے عالم میں اس کو تکتا رہا پھر نہایت مایوسانہ انداز میں وہاں سے اٹھ کھڑا ہوا، فوراً ہی ان میں سے کسی نے اس کا ہاتھ پکڑ کر دوبارہ بٹھالیا۔

"کیا آپ کا انٹرویو ہوگیا؟" نیلی پینٹ والے نے پوچھا،

"جی ابھی نہیں" اس نے چونک کر کہا، شاید وہ اب تک خاکی بشرٹ والے کی بات پر غور کر رہا تھا۔

"کسی کی سفارش بھی ہے تمہارے پاس؟" خاکی بشرٹ والا پھر سے مخاطب ہوا۔

"میرے لیے خداوند تعالیٰ ہی کی سفارش بہت ہے بس اس کا کرم ہونا چاہیے" اس نے بتایا۔

"اُو ———— وہ زور سے" ہنس پڑا اور مسلسل کئی سکنڈ تک ہنستا رہا، پھر ایک دم سنجیدہ ہو کر بڑے معصومانہ انداز میں بولا، "لکھوا کر لائے ہو یا پیچھے آرہے ہیں" اس نے ایک اور قہقہہ لگایا، ساتھ میں دیگر ساتھیوں نے بھی۔

وہ کانپ گیا۔ اس کی دونوں مٹھیاں بھینچ گئیں، چہرہ سرخ ہوگیا،

نچلا ہونٹ دانتوں کے نیچے دب گیا۔ اور آنکھیں دہکتے ہوئے انگاروں کی طرح باہر کو ابل پڑیں، اس کا جی چاہا کہ وہ ان سب کا منہ کھسوٹ لے۔ لیکن وہ کچھ سوچ کر ضبط کر گیا —— پونے دو بجے چپراسی نے آواز لگائی، جن امیدواروں کا انٹرویو ہونے سے رہ گیا ہے۔ وہ تین بجے تشریف لائیں۔

ایک بار پھر اس نے اپنے منھ میں کڑواہٹ محسوس کی لیکن اس نے کچھ کہنے سننے کی بجائے لان کے جنوب میں مسجد کی سمت اپنے قدم اٹھا دیئے۔

نماز سے فارغ ہونے کے بعد وہ مسجد سے باہر آیا۔ بالکل مقابل میں سڑک کے بائیں طرف ٹی اسٹال پر دیگر امیدوار کھڑے ہوئے آپس میں ہنسی مذاق کر رہے تھے اس کو دیکھتے ہی کسی نے اس پر آوازہ کسا "مولوی صاحب اس رشوت سے کام نہیں بنے گا" ——

—— جواب میں وہ ایک سرد آہ بھر کر رہ گیا، پھر وہ آہستہ قدموں سے آفس کی طرف جانے لگا لیکن وہ ابھی دو چار قدم ہی آگے بڑھا تھا کہ اس کے کانوں سے ایک بوڑھی عورت کی آواز ٹکرائی "بیٹا میرا بوجھ اُٹھوا دو۔"

اس نے مڑ کر دائیں طرف ٹی اسٹال سے تھوڑے فاصلے پر

ایک بوڑھی عورت لکڑیوں کے بوجھ کے پاس زاویۂ قائمہ کی شکل میں کھڑی ہوئی نوجوانوں سے کہہ رہی تھی اور وہ اس کی التجا سے بے پروا قہقہے لگانے میں مصروف تھے۔

وہ تیزی سے بوڑھی عورت کے قریب گیا۔ ساتھ ہی اس نے کلائی پر بندھی ہوئی رسٹ واچ دیکھی کہ اگر کچھ وقت ہو تو وہ بوڑھی عورت کے سر پر بوجھ رکھنے کی بجائے اپنے سر پر رکھ کر اس کے گھر تک پہنچا آئے۔ لیکن یہ دیکھ کہ تین بجنے میں صرف دو منٹ باقی ہیں وہ بری طرح مایوس ہو گیا۔ بوجھ اٹھواتے ہوئے اس کی آنکھوں میں آنسو آ گئے۔ بوڑھی عورت اس کے آنسوؤں سے بے خبر دعائیں دیتی ہوئی آگے بڑھ گئی۔ "بیٹا بھگوان تمہارا بھلا کریں"۔

اگلے دن پلاننگ آفس کی کشادہ برساتی امیدواروں سے کھچا کھچ بھری ہوئی تھی۔ ہر امیدوار بڑے حوصلے اور ارمان کے ساتھ نوٹس بورڈ کی طرف بڑھتا لیکن اپنا نام نہ پا کر نہایت بجھے ہوئے انداز میں لوٹ آتا۔ نوٹس بورڈ پر صرف ایک نام تھا جس کے متعلق اُجلے پوش نوجوانوں کا یہ خیال تھا کہ کل اس نے ان سے جھوٹ بولا تھا کہ وہ کوئی سفارش نہیں رکھتا۔ اس کے لیے ضرور کوئی بڑی سفارش تھی۔ ورنہ وہ ایسا بدھو امیدوار ان کے مقابلے میں کبھی کامیاب نہ ہو سکتا۔

بھابی کی پریشانی

رحمان بھائی اپنی رنگین مزاجی کے لیے کبھی جوان رہے ہوں گے لیکن اب تک ان کی یہ حالت تھی کہ وہ کوئی عمدہ قسم کا سوٹ اور ٹائی پہننے کے بجائے قمیض اور پائجامے کے ساتھ صرف شیروانی کا استعمال کرتے تھے۔ اسی طرح اب وہ شیو اور سر کے بالوں کی طرف بھی کچھ زیادہ دھیان نہیں دیا کرتے تھے کئی کئی روز تک بالوں کی پریشانی اور شیو کی زرخیزی قائم رہتی۔ اس سلسلے میں مختلف لوگوں کے مختلف خیالات تھے کچھ کا کہنا تھا کہ "شادی کے بعد خانہ داری کی فکروں نے رحمان بھائی کو یہ سیدھی سادی روش اختیار کرنے پر مجبور کیا ہے" اور بعض کا ایسا خیال تھا کہ رحمان

بھائی کی ملازمت ہی کچھ اس ڈھنگ کی ہے کہ جہاں کسی بھی انسان کو اپنی سدھ بدھ نہیں رہتی ہے۔ بہرحال اس کے لیے کوئی بھی وجہ رہی ہو لیکن اتنا ضرور تھا کہ رحمان بھائی کے اس نئے روپ سے بھابی بے حد پریشان تھیں انھوں نے شادی سے پہلے رحمان بھائی کے بارے میں جو کچھ سنا تھا اور ان کے حسن حسین تصور سے اپنے ذہن کے ویران گوشوں کو سجایا تھا۔ رحمان بھائی اب بالکل برعکس تھے۔ وہ کچھ عرصے تک تو رحمان بھائی کی موجودہ روش کو برداشت کرتی رہیں لیکن پھر اُن سے ضبط نہ ہو سکا۔ انھوں نے گاہے گاہے طنز کرنا شروع کردیا۔" یہ کیا ہر وقت جھول سی لادے پھرتے ہیں — بھلا یہ بھی کوئی لباس میں لباس ہے ——— ہنھ، آپ تو بالکل بچہ ہی ہو کر رہ گئے ہیں، کبھی تو شیو بنالیا کیجیے ——— اللہ توبہ ہے، آپ کو ان بالوں سے وحشت نہیں ہوتی ! ———"

رحمان بھائی ان تمام باتوں کو محسوس کرتے لیکن صرف آہستہ سے مسکرا کر رہ جاتے اور بھابی کو جیسے آگ لگ جاتی وہ کھسیانی ہو کر پاؤں پٹکتی ہوئی کسی طرف کو چل دیتیں۔

اس کے بعد بھابی نے احتجاجی صورت اختیار کرلی۔

جب ایک روز ان کے بہت کچھ کہنے سننے پر بھی رحمان بھائی

کوئی خاص دھیان نہیں دیا تو وہ ناراضگی کے انداز میں اپنے کمرے میں ایک چارپائی پر جا گریں اور آہستہ آہستہ سسکنے لگیں جیسے رحمان بھائی نے اس طرح اُن کی توہین کی ہے اور اب وہ جب تک خاموش نہیں ہوں گی کہ وہ سچائی کے ساتھ ان سے یہ وعدہ کریں کہ وہ آج ہی سے اپنے اوپر چھائی ہوئی اس منحوسیت کو اتار پھینکیں گے۔

رحمان بھائی کچھ دیر تک تو اپنے کام کی طرف متوجہ رہے اور انھوں نے بھابی کی کوئی پرواہ نہ کی لیکن جب کافی دیر تک بھابی اپنے بستر پر پڑی ہوئی بدستور سسکتی رہیں تو پھر وہ آہستہ سے اُٹھ کر اُن کے قریب پہنچے — "یہ کیا بے وقوفی ہے — کیا بنے سنورے رہنا اتنا ضروری ہے کہ جو تم خواہ مخواہ اس کے لیے مصر ہوتی ہو؟"

"کیوں، ضروری نہیں ہے" وہ کروٹ بدل کر سیدھی ہوئیں "آپ کو اگر اس کا احساس ہو تبھی نا ——— اس کے لیے شرمندہ تو مجھے ہونا پڑتا ہے۔"

"اس میں بھلا تمہیں کیوں شرمندہ ہونا پڑتا ہے؟"

"یہی تو میں آپ سے کہتی ہوں، جب آپ اس کو سمجھیں تو پھر

آپ کو معلوم ہو کہ آپ کی ان لاپروائیوں سے مجھے کس قدر خفت اٹھانا پڑتی ہے۔"

"عجیب بات ہے!" رحمان بھائی آہستہ سے مسکرائے۔

"عجیب کیوں ہے،" بھابی کے لہجہ میں پھر تلخی آگئی: "انسان جس ماحول میں رہتا ہے اسے اس کا لحاظ کرنا ہی چاہیے۔ ورنہ ظاہر ہے لوگ اس کا مذاق اُڑائیں گے اور ساتھ ہیں ان کا بھی جو اس سے متعلق ہوں گے۔"

"میں ایسے طنز یا مذاق کی کوئی پروا نہیں کرتا!"

"بھلے ہی آپ نہ کریں لیکن مجھ سے یہ سب کچھ برداشت نہیں ہوسکتا۔ آپ کو اپنی اس موجودہ حالت کو بدلنا ہی ہوگا۔ کم از کم میری خاطر ہی ـــ میرے ہی لیے سہی! ـــ کچھ رُک کر "جائیے ابھی شیو بنوا کر آئیے۔"

بھابی کے اس احتجاج نے بھی کوئی کام نہ کیا، بلکہ ہوا یوں کہ ایک روز رحمان بھائی کے دل میں کیا آئی کہ کلین شیو کرانے کے بجائے تحریر بنوا ڈالی۔

بھابی پہلے ہی کیا کم پریشان تھیں، اب تو ان کی بڑی ہی عجیب حالت ہوگئی۔ وہ بیک وقت بپھری ہوئی شیرنی بھی ہوئیں،

اور لمبے لمبے آنسو بہانے کے لیے بھی تیار نظر آئیں۔

ایک شام

جب بہت زیادہ بحث و مباحثہ کے بعد بھی رحمان بھائی اپنی جگہ اٹل رہے تو بھابی نے ایک ایسے مجرب نسخہ کے استعمال کے بارے میں سوچا جو اب تک بہر حال کسی بھی طور پر ناکام نہیں رہا ہے کم از کم ہندوستان میں۔

رحمان بھائی جب آفس سے واپس آئے تو انھوں نے دیکھا کہ بھابی بھوک ہڑتال کے پروگرام کے تحت اپنے کمرے میں ایک چارپائی پر اوندھی پڑی ہوئی ہیں۔ کچھ دیر تک وہ اس خیال سے اِدھر اُدھر ٹہلتے رہے کہ شاید کچھ وقت گزرنے پر وہ بھوک ہڑتال کا ارادہ ترک کر کے اٹھ بیٹھیں اور شام کے کھانے کے لیے کوئی انتظام کریں، مگر جب اس طرح کافی وقت گزر گیا۔ تو پھر رحمان بھائی خاموش نہ رہ سکے وہ سب کچھ برداشت کر سکتے تھے لیکن یہ بات ان کے اختیار سے باہر تھی کہ بھابی ساری رات فاقہ سے پڑی رہیں پھر نہ معلوم کہ انھوں نے دوپہر بھی کھانا کھایا ہے کہ نہیں! وہ بھابی کے قریب پہنچ کر نہایت نرم لہجہ میں بولے:

"بھئی تم تو ہر بات کی حد کر دیتی ہو۔ بھلا یہ بھی کوئی بات ہے،

خیر چلو اٹھو۔ اگر تمہیں اپنی سہیلیوں کے درمیان ایسا ہی شرمندہ ہونا پڑتا ہے تو پھر کل سے شیروانی نہیں پہنوں گا اور داڑھی بھی صاف کرادوں گا، ——— کچھ رک کر۔ اب تو خوش ہونا! چلو جلدی سے اٹھو"۔

اب بھابی بہت خوش تھیں!

رحمان بھائی نے اگلے ہی دن شیروانی کسی ٹرنک کی تہہ میں جما دی تھی اور داڑھی نائی کے سپرد کر آئے تھے اب نہ تو بھابی کو اپنی زندہ دل سہیلیوں کے درمیان مزاحیہ فقرے ہی سننے پڑتے تھے اور نہ ہی وہ اپنی بہنوں کے سامنے رحمان بھائی کا ذکر کرنے میں شرم محسوس کرتی تھیں۔ خود انھیں بھی رحمان بھائی کوٹ، پینٹ، ٹائی اور کلین شیو میں بے انتہا پسند تھے۔ وہ مسکرا کر کہتیں:

"دیکھیے اب بھی تو بھلے آدمی دکھائی دیتے ہیں"۔

رحمان بھائی زور سے ہنستے "شکر ہے خدا کا ——— اسی طرح بھلے آدمی معلوم ہوئے ورنہ ہمیں یہ شک ہی نہیں پورا یقین ہو چکا تھا کہ بھلائی تو اپنے کو چھو کر بھی نہیں گئی"۔

بھابی جھینپ مٹانے کے لیے پھیکی ہنسی ہنستیں اور پھر کچھ کہنا چاہتیں کہ رحمان بھائی روک دیتے ——— "بھئی اب زیادہ کہنے کی

ضرورت بھی کیا ہے، ہم تو تم سے ہار مان ہی چکے ہیں۔" وہ ہنستے اور ساتھ ہی بھابی بھی ہنسنے لگتیں۔

رفتہ رفتہ بھابی کی خوشی میں کمی آنے لگی!

انھوں نے کچھ ہی عرصہ بعد یہ محسوس کیا کہ اب رحمان بھائی خلاف معمول زیادہ وقت گھر سے باہر گزارنے لگے ہیں اس کے علاوہ انھوں نے اُن کی جانب سے بے اعتنائی بھی برتنا شروع کر دی ہے اور ہنسنا مسکرانا وہ تو سرے ہی سے غائب ہو چکا ہے۔ بس ہر لمحہ فلسفیوں کی طرح کچھ سوچتے ہوئے سے ہی نظر آتے ہیں۔ جیسے کسی بڑے پیچیدہ مسئلہ کو حل کرنے میں مصروف ہوں۔ بھابی جب بھی کسی بات کے بارے میں کہتیں تو اوّل تو سنتے ہی نہیں اور اگر زیادہ زور دینے پر سن بھی لیتے تو اس طرح ان کا منھ تکنے لگتے جیسے وہ کچھ بھی نہ سمجھے ہوں ـــــ اتنا بھی نہیں! جس سے بھابی ہی مطمئن ہو جائیں۔

ایک رات جب رحمان بھائی کافی دیر سے گھر میں آئے تو بھابی سے برداشت نہ ہو سکا اور وہ پوچھ ہی بیٹھیں ـــــــــ

آج آپ نے بڑی دیر لگا دی ـــــ کہاں چلے گئے تھے؟۔

رحمان بھائی جواب دینے کے بجائے خاموشی کے ساتھ کپڑے

تبدیل کرتے رہے۔ بھابی کوئی جواب نہ پاکر کھانا لینے چلی گئیں رحمان بھائی کے انتظار میں انھوں نے خود بھی کھانا نہیں کھایا تھا۔

کھانا کھانے کے درمیان انھوں نے پھر معلوم کیا کہ آج دیر کہاں ہوگئی؟

"کتنی دیر ہوگئی؟ ــــ کیا ہر وقت گھر میں ہی بیٹھا رہا کروں؟" رحمان بھائی کا لہجہ قدرے خشک تھا۔

"یہ میں نے کب کہا ہے، مگر آپ کو اس کا لحاظ کرنا ہی چاہیے کہ میں رات کے گیارہ گیارہ بجے تک گھر میں تنہا رہوں۔" بھابی نے التجا کی۔

"میں اس کے لیے تمہارا پابند نہیں ہوں۔" رحمان بھائی کے لہجہ میں تلخی آ گئی۔

"یہ آپ کیسی بات کر رہے ہیں، کیا میرا خیال رکھنے سے آپ پابند ہوتے ہیں؟"

"مجھے کچھ نہیں معلوم! کھانا کھانے دو، میرا دماغ مت چاٹو۔"

بھابی سکتہ میں آگئیں۔ اس سے پہلے رحمان بھائی نے اتنی

سخت بات کبھی نہیں کہی تھی اور نہ ان کی جانب سے اس قدر بے پروائی برتی تھی۔ نہ جانے ان دنوں رحمان بھائی کو کیا ہوگیا تھا ـــــ اگر بھابی نہایت سہولت کے ساتھ کوئی ٹھیک بات بھی کرتیں تب بھی وہ جھنجلا جاتے اور الٹی سیدھی سیدھی باتیں کرتے لگتے بس یہی ٹھیک تھا کہ ان سے کوئی بات نہ کی جائے ـــــ وہ جب چاہیں گھر آئیں اور جب چاہیں جائیں اور جو چاہیں کیا کریں۔ مگر یہ کس طرح ممکن تھا ـــــ کیا کوئی عورت اپنے شوہر کی ان تمام حرکتوں کو خاموشی سے دیکھ سکتی ہے! بھابی بھی یہ سب کچھ نہیں دیکھ سکتی تھیں ـــــ پھر بھی وہ دو چار بار سے زیادہ اس بات کی ہمت نہ کر سکیں کہ رحمان بھائی سے ان کی بڑھتی ہوئی بے اعتنائیوں کی شکایت کریں۔ کیوں کہ جواب میں انھیں سخت باتوں کے علاوہ کچھ بھی نہیں مل پاتا تھا۔

اس کے بعد اب ان کے لیے اتنا ہی رہ گیا تھا کہ وہ خاموشی کے ساتھ آنسو بہاتی اور سسکتی رہیں رات کی تاریکی اور دن کے اجالے میں! ـــــ اپنی جان کو ہلکان کرتے ہوئے!!

رحمان بھائی کا ان دنوں کچھ اور ہی رنگ تھا۔ وہ بھلا ان باتوں سے کہاں متاثر ہونے والے تھے۔ وہ سامنے آنے پر بھابی کی جانب سے یوں منہ پھیر لیتے جیسے کہنا چاہتے ہوں۔ تم سمجھتی ہو کہ شاید میں تمہارے رونے سے ڈر جاؤں گا؟ ـــــ رو، خوب رو ـــــ خوب آنسو بہاؤ! اتنے زیادہ کہ تمہیں بھی بہالے جائیں ـــــ اور اس کے بعد واقعی بھابی خوب روتیں۔ خوب آنسو بہاتیں۔ جیسے وہ خود بھی یہی چاہتی ہوں کہ آنسوؤں کے اس سیلاب کہیں دور ـــــ بہت دور بہہ جائیں جہاں نہ یہ پاپی دنیا ہو اور نہ اس دنیا کے سنگدل مرد! جو عورت کو ہمیشہ مٹی کا ایک کھلونا سمجھتے ہیں کہ جب سے جب تک جی چاہا کھیلے اور جب دل بھر گیا تو اسے زمین پر پٹک دیا۔ بڑی بے پروائی اور حقارت کے ساتھ!

لیکن ایک دن بھابی کے یہ آنسو بھی خشک ہو گئے۔

انھوں نے رحمان بھائی کا بستر صاف کرنے کے لیے جیسے ہی تکیہ اٹھایا۔ ان کی نظر ایک پرچے پر پڑی۔ وہ ایک لمحہ تک کھڑی اسے گھورتی رہیں پھر انھوں نے

جھپٹ کر اسے اٹھالیا۔

رحمان صاحب!

کل کا وعدہ آپ کو یاد ہے نا؟ میں آج شام جگت ٹاکیز پہ آپ کا انتظار کروں گی۔ ضرور آیئے گا۔

آپ کی شبانہ

یہ مختصر سا خط پڑھ کر بھابی کسی بوسیدہ دیوار کی طرح وہیں بستر پر ڈھیر ہوگئیں۔ ان کا سر بری طرح چکرا رہا تھا اور آنکھوں کے نیچے اندھیرا چھا گیا تھا۔ خوفناک۔ اور بھیانک اندھیرا ——!

سکون

شکیلہ سے شادی کر کے وہ خوش نہیں تھا۔ اگرچہ شکیلہ نے اس کی اجاڑ اور ویران زندگی میں ایک انقلاب پیدا کر دیا تھا۔ وہ اپنے اندر نہ صرف ایک نیک اور با ایمان عورت کے سارے وصف رکھتی تھی بلکہ وہ ایک اچھی بیوی کے تمام اوصاف اور خصوصیات سے بھی مزین تھی۔

رحمان دن یا رات کے کسی بھی حصہ میں گھر واپس آتا تو وہ ہمیشہ اس کا انتظار کرتی ہوئی ملتی اور پھر بغیر کسی شکوہ شکایت کے اس کے کسی کام کی طرف متوجہ

ہو جاتی۔

اسی طرح وہ گھر کی صفائی اور دیگر اشیاء کو احتیاط سے رکھنے کا بھی خاص خیال رکھتی تھی۔

وہ جب سے اس گھر میں بیاہ کر آئی تھی اُس نے نہ صرف اپنی سلیقہ مند طبیعت اور محنت و محبت سے اپنے شوہر رحمان کو بہت سکھ پہنچایا تھا بلکہ تمام گھریلو اور خاندانی ذمہ داریوں کو بھی بڑی خوب صورتی کے ساتھ نبھایا تھا۔ اب رحمان کو کھانے پینے کے لیے پہلے کی نسبت بہت کم خرچہ برداشت کرنا پڑتا تھا۔ کھانا بھی اوسط درجے کا خوش ذائقہ اور وقت پر پابندی کے ساتھ ملتا۔ اگر وہ رات کے بارہ بجے بھی گھر میں آیا ہے تو اُس کے سامنے گرم اور تازہ ہی کھانا آئے گا۔

لیکن ان تمام آسائشوں اور سہولتوں کے باوجود وہ شکیلہ سے جس بات پر ناخوش تھا وہ یہ کہ شکیلہ اس کو ہمیشہ شراب نوشی اور رشوت ستانی سے منع کرتی تھی۔

اس سلسلے میں ابتداءً اس نے شکیلہ کو دو ایک بار

بُری طرح ڈانٹا بھی ـــــ "تم جانتی ہو کہ مجھے کتنی تنخواہ ملتی ہے. اگر میں صرف تنخواہ پر ہی اکتفا کروں تو پھر دوسرے تمام اخراجات تو علیحدہ رہے پیٹ بھر کر کھانا بھی ہمیں نہیں مل سکتا.

اس نے جواب میں کہا تھا ـــــ "میں ایک وقت کھاکر اور صرف معمولی کپڑے پہن کر گزارہ کرلوں گی ـــ لیکن مجھے یہ سب گوارا نہیں ہے"

جب بدستور شکیلہ اپنے ارادے پر قائم رہی تو آخر کار مجبور ہوکر اسے شراب نوشی اور رشوت ستانی چھوڑنا پڑی. لیکن اس کے بعد جیسا کہ رحمان کا خیال تھا وہی ہوا اصل تنخواہ اس قدر کم تھی کہ اوسط طریقے پر ہی کھانے پینے اور تن ڈھاپنے کے لیے پریشانی ہونے لگی. لیکن شکیلہ اس بات کی کبھی پرواہ نہ کرتی. وہ اس معمولی تنخواہ سے ہی مطمئن تھی. اور اس قلیل رقم سے ہی تمام اخراجات ہر ممکن طریقے سے پورے کرنے کی کوشش کیا کرتی. مگر رحمان کے لیے یہ بات بڑی اذیت کا باعث تھی کہ اب اس کو نہ صرف عمدہ بلکہ اچھا لباس بھی پہننے کو نہیں مل پاتا جبکہ شکیلہ ہمہ وقت اس بات کی کوشش کرتی کہ غلط ذرایع سے حاصل

کی ہوئی دولت کے باعث رحمان کے ذہن میں جو بلند معیارِ زندگی کا تصور گھر کر چکا ہے وہ کسی نہ کسی طرح دُور ہو جائے۔ اس لیے اس نے اپنی خدمات کا دامن بھی اور زیادہ وسیع کر دیا۔

وہ صبح کو ناشتہ میں صرف چائے کا استعمال کرتی لیکن اس طرح سے کہ رحمان کو ایک بار بھی دوسرے لوازمات کا خیال نہ آئے ــ ایسا ہی کھانے پینے کی دوسری تمام چیزوں کے سلسلہ میں ہوتا۔

لیکن اس سے زیادہ بلند حوصلگی اور پختہ ارادہ کا ثبوت ایک خاص موقع پر دیا۔

ایک بار اس کے سینے میں شدید درد اٹھا ــ اور اس نے بے انتہا تکلیف محسوس کی۔ لیکن رحمان کے ہزار اصرار پر بھی اُس نے انجکشن محض اس بنا پر نہیں لگوائے کہ اس کے پاس خود اتنی رقم نہ تھی کہ وہ اُس کے لیے انجکشن خرید سکتا اور اس کو فوراً ہی افاقہ ہو جاتا۔ بلکہ اُسے کسی سے پیسے قرض لینا پڑتے۔ جس کے لیے وہ کسی بھی حالت میں تیار نہ تھی۔ نتیجہ کے طور پر وہ کئی دن تک سینہ کے درد

میں تڑپتی رہی۔

رحمان نے اس موقع پر اپنے طور پر ایک بار شدید دکھ کا احساس کیا کہ آج وہ اس قدر مجبور ہے کہ اپنی بیوی کے لیے صرف انجکشن تک نہیں خرید سکتا۔ لیکن شکیلہ نے اس کو یہ کہہ کر تسلی دی تھی ——— "آپ اس قدر دکھی نہ ہوں یہ تمام تکلیفیں اور پریشانیاں عارضی ہیں۔ ان سے ہمیشہ دوچار نہیں رہنا ہے۔"

اسی طرح پھر ایک بار وہ میعادی بخار میں مبتلا ہوگئی جس نے بتدریج نہایت خطرناک صورت اختیار کرلی۔ اور اس کے زندہ رہنے کی بہت کم امید باقی رہ گئی ——— مگر اس بار بھی وہ ذرا ہراساں نہ ہوئی اور اس نے رحمان کے بار بار اصرار کرنے کے باوجود کہ اب یہ بات اس کی برداشت سے باہر ہے کہ وہ اس کو تڑپتا ہوا دیکھتا رہے اور اس کی برداشت سے باہر ہے کہ وہ اس کو تڑپتا ہوا۔ دیکھتا رہے، اور اس کے لیے کچھ نہ کرسکے۔ اب وہ ضرور کسی سے قرض لے کر کسی بڑے اور اچھے ڈاکٹر سے رجوع کرے گا۔ لیکن اس نے منع کردیا کیوں کہ وہ اچھی طرح

جانتی تھی۔ کہ اگر اس وقت کسی سے رقم لے لی تو پھر اس قلیل تنخواہ میں واپس کرنا بڑا مشکل ہو جائے گا۔ اس لیے بہتر یہی ہے کہ جو معمولی قسم کا علاج ہو رہا ہے جاری رکھا جائے خدا نے چاہا تو ایک دن اسی سے فائدہ ہو جائے گا۔

اس کے بعد ایک مرتبہ ایسا ہوا کہ رحمان کے کسی دوست کی شادی تھی اور وہ اس میں خاص طور پہ مدعو بھی کیا گیا تھا۔ لیکن جب شادی میں جانے کے لیے اُس نے اپنے ٹرنک میں ایک مناسب سا کپڑوں کا جوڑا تلاش کیا تو اس کو یہ جان کر بے انتہا تکلیف ہوئی کہ وہ اپنے پاس ایک بھی ایسا کپڑا نہیں رکھتا ہے جو وہ اپنے دوست کی شادی میں پہن کر جائے۔ جبکہ دوسرے تمام ساتھی بہتر سے بہتر ملبوسات میں وہاں آئیں گے۔

شکیلہ نے نہایت نرم لہجہ میں اس کو سمجھایا۔" ہمیں کبھی یہ نہیں بھولنا چاہیے کہ ہم غریب ہیں اور ایک غریب آدمی کو جو کچھ وقت پر میسر آجائے۔ وہی اس کے لیے بہت ہے" پھر کچھ ٹھہر کر اس نے کہا۔: آپ اس معمولی لباس کے پہننے میں توہین مت محسوس کیجیے، اس لیے کہ یہ آپ کے محنت

سے کمائے ہوئے پیسوں کا ہے۔"

رحمان نے اس وقت تو شکیلہ کے کہنے سے یہ معمولی سے کپڑے پہن لیے اور اپنے دوست کی شادی میں جانے کے لیے آمادہ ہو گیا۔ لیکن آدھا راستہ طے کرنے کے بعد اس کی ہمت جواب دے گئی۔ یقیناً یہ بات اس کی برداشت سے باہر تھی کہ اپنے تمام ساتھیوں کے درمیان وہ اس معمولی سے لباس میں جائے ـــ اس لیے وہ اپنے دوست کی شادی میں شرکت کا ارادہ ترک کر کے لوٹ آیا۔

کچھ دن بعد شکیلہ کے سینہ میں پھر درد اٹھا اور اس بار وہ دو دن اور دو راتیں مسلسل تڑپنے کے بعد اس دنیا سے رخصت ہو گئی۔

رحمان کے لیے ایک حد تک یہ صدمہ تکلیف دہ ضرور تھا۔ لیکن چند دن بعد وہ سب کچھ بھول گیا اور پھر بہت جلد اُس نے دوسری شادی کر لی۔

نئی بیوی نے آتے ہی اس پر سے ساری پابندیاں ہٹا دیں۔ بلکہ ایک طرح سے اس کو اس بات کے لیے آمادہ کیا کہ وہ اپنے پچھلے تمام کام شروع کر دے۔ یعنی شراب نوشی

رشوت خوری اور گھر میں رات گئے واپس آنا۔

وہ پھر سے اپنی پرانی ڈگر پر آگیا۔ بڑی خوشی اور امنگ کے ساتھ ! لیکن بہت جلد اس نے اس بات کو محسوس کیا کہ وہ شکیلہ سے ناخوش رہنے کے باوجود ذہنی طور پر اُس سے مطمئن تھا۔ لیکن نئی بیوی سے وہ بے انتہا خوش رہنے کے بعد بھی مطمئن نہیں ہے۔ اس کا کیا سبب ہے۔ اس نے اس بارے میں کئی بار سوچا لیکن کسی خاص نتیجہ پر نہیں پہنچا سوائے اس کے کہ.........کہ اس میں ضرور کوئی ایسی بات تھی جو اس کو ذہنی سکون اور اطمینان پہنچایا کرتی تھی۔

منتخب دلچسپ کہانیوں کا ایک اور مجموعہ

آخری چوری

مصنف : غلام حیدر

بین الاقوامی ایڈیشن جلد منظر عام پر آرہا ہے

منتخب دلچسپ کہانیوں کا ایک اور مجموعہ

طوفان کے بعد

مصنف : سید منظور الحسن ہاشمی

بین الاقوامی ایڈیشن جلد منظر عام پر آرہا ہے